바람이
바람에게

바람이 바람에게

초판 1쇄 발행 2023년 6월 15일

지 은 이 이한길
발 행 인 권선복
편 집 한영미
전 자 책 서보미
발 행 처 도서출판 행복에너지
출판등록 제315-2011-000035호
주 소 (157-010) 서울특별시 강서구 화곡로 232
전 화 0505-613-6133
팩 스 0303-0799-1560
홈페이지 www.happybook.or.kr
이 메 일 ksbdata@daum.net

값 20,000원
ISBN 979-11-92486-80-2 03810

여명의 시 제1집

바람이
바람에게

그해의 할미새

이한길 詩集

도서
출판 행복에너지

여명의 시(詩)는 예술작품이다!

여명 이한길 시인의 詩는 훌륭한 예술작품이다. 훌륭한 예술
작품은 아름답다. 그의 詩 또한 아름답다. 마음에서 우러나오는
다양한 정서(情緖)를 꾸밈과 지어냄 없이 있는 그대로 그때그때
적었기 때문에 자연스럽고 순수한 아름다움이 배어 있다. 산속
옹달샘에서 샘물이 쉼 없이 솟아나듯이 그의 마음속에서는 시어
(詩語)들이 마냥 흘러넘친다.

그의 시에 공통으로 깔려 있는 가장 심오하고 중요한 정서는
사랑과 고독이다. 사랑과 고독은 우리가 삶 속에서 체험하고 행
하는 모든 것들과 시간적 공간적으로 연결되어 있다. 옛 추억을
소환해서 재해석하기도 하고, 삶에 들러붙어 있는 불안감과 공
허함을 어루만져 주기도 한다. 그의 시를 음미하며 이런 정서적
공간에 머무를 수 있음에 감사드린다.

여명 이한길 시인은 고등학생 시절부터 지금까지 약 45년간

에 걸쳐 수천 편이 넘는 엄청난 양의 시를 써왔다. 시에 대한 그의 지침 없는 노력과 열정에 존경과 격려의 박수를 보낸다. 결코 아무나 할 수 없는 일이다. 그야말로 시에 미치지 않고서는 있을 수 없는 일이다. 그에게 있어서 시는 인생의 전부라고 해도 과언이 아닐 것 같다.

　나는 여명 이한길 시인에게 시집을 출간하도록 희망했지만 그는 늘 귀담아듣지 않았다. 쑥스러움을 많이 타는 성격 때문이었을 것으로 추정된다. 그런데 이번에 명문 출판사인 도서출판 행복에너지에서 시집을 출간한다고 하니 참으로 기쁜 일이다. 부디~ 행복에너지에서 원석을 다듬는 조탁(彫琢) 과정을 거쳐 독자들의 심금을 울리는 베스트셀러로 거듭나기를 기원한다.

- 신중년연구소장 **최주섭** 씀

순수한 문학청년 이한길 님! 40년간 몸담았던 공직을 퇴임한 이후 백수(?)를 3년 이상 거쳐서 화백(화려한 백수)이 된 요즘 일상도 뒷산에 오르는 게 일인데 하루가 다르게 길가는 울긋불긋 들꽃 천지로 변하고 손주의 손발처럼 가녀린 새순들이 산과 들을 온통 연둣빛으로 물들이는 따뜻한 봄날, 가끔 곡주 한잔 걸치면 얼큰해진 목소리로 먼저 안부를 묻곤 하던 친구가 오늘은 6월 초에 첫 시집을 출판하게 된다면서 추천 글을 부탁한다는 문자를 보내왔습니다. 지하철 경로석을 이용할 수 있는 나이에 첫 시집이라니… 아무튼 늦긴 했지만 내 일처럼 기쁘고 축하를 해주면서도 평생 한 번도 써본 적 없는 추천 글까지 부탁하니 얼떨결에 대답은 했지만, 시쳇말로 왕부담이었습니다.

여명 이한길 친구님을 생각하면 가장 먼저 떠오르는 것은 '순수'입니다. 검은 뿔테안경에 말없이 조용한 미소를 보이며 시를 잘 썼던 시골의 순수한 문학청년. 성품은 순한 양 같고 왠지 슬퍼 보이면서도 선한 커다란 눈망울과 나서지 않고 언제나 말없이 봉사하는 따뜻한 마음을 가진 사슴 같은. 그러나 시에 대한 그의 열정만큼은 참으로 대단했다고 말할 수 있겠습니다.

　우리는 강원도 홍천의 작은 시골 마을에서 같이 초중학교와 교회를 다니면서 친하게 지냈는데 지금도 잊히지 않는 것은 고교졸업을 앞두고 앞으로 무엇을 할 것이며 어떻게 살 것인가 등등에 대하여 밤을 새우며 이야기했던 것과 어느 날 친구 집에 놀러 갔더니 방 안이 온통 시와 고사성어를 쓴 종이로 도배가 되어 있었고 친구가 직접 쓴 자작시라면서 노트에 빼곡히 쓴 시들을 보여주었는데, 더욱 놀라웠던 것은 뒷간(화장실)에도 온통 시와 고사성어로 도배되어 있었다는 것입니다.

　나는 시를 잘 몰랐지만 좋아는 했었기에 친구가 지은 자작시가 참 잘 쓴 것 같아서 어디에라도 출품해보라고 적극 권유했었는데, 그냥 취미로 쓴 거고 출품할 정도는 아니라며 한사코 거부하여 너무 아쉬워했던 기억이 납니다. 그 시절, 밤하늘의 별을 보며 윤동주 시인의 '별 헤는 밤' 등 유명 시인의 시를 외우고 시인에 대한 동경과 꿈을 꾸었던 순수한 문학청년의 그 꿈이 이제야 한 권의 '여명 시집'으로 탄생하게 되었으니 그야말로 격세지감이자 감개무량입니다.

물론 그 이후에도 동창회 카페 등에 꾸준히 시를 올려서 카페 지기가 아예 '여명의 시' 전용 방을 만들어 열심히 시를 써 왔으며 그의 삶 마디마디마다 껌딱지처럼 시가 붙어 있어 친구들은 그를 여명 시인으로 불렀고 또 그렇게 인정하였습니다.

옛말에 "나중에 난 뿔이 더 우뚝하다"라는 말도 있듯이 노년에 탄생한 여명 님의 첫 시집 출간을 격한 우정으로 축하드리며, 더욱 정진하셔서 성필하시길 고향의 화금봉과 석화산의 정기를 담아 힘차게 응원합니다.

- 2023년 봄날, 송산 **강무섭**

여명의 시를 대하노라면 아무도 걷지 않은 하얀 눈밭이 생각난다. 티끌 하나 없는 깨끗함, 순수함이랄까? 고향의 뒷동산에 피어 있던 진달래꽃의 향기와 그 꽃을 씹었을 때의 맛이 나기도 하고, 가려운 등을 썩썩 시원하게 긁어 주시던 거칠지만 그리운 어머니의 손길을 생각나게 한다. 왠지 박목월 시인의 '강나루 건너서 밀밭길을 구름에 달 가듯이 가는 나그네'를 연상케 한다.

시는 내가 먼저 다른 사람에게 다가가는 것이요, 내가 먼저 사랑하는 것이며, 내가 먼저 행복을 가져다주는 것이라는 시인의 철학에서 보듯이 여명이 쓴 한 편 한 편의 시는 감사와 사랑으로 점철된다. 인간에게 주어진 가장 큰 의무이자 특권은 사랑이다.
시인의 사랑은 그의 삶에서와 같이 배려와 감사함이다. 생활 속에서 항상 그는 배려와 감사를 실천하는 진솔한 사람이며, 남의 작은 아픔에도 눈물을 보이는 다정하고 따뜻한 사람이다.
어쩌다 고향에라도 오면 만나는 사람마다 허투루 지나치는 법이 없다. 언제나 손을 잡고 웃으며 진심으로 그들의 삶을 걱정하고 위로하는 정말 따뜻한 사람이다. 그러나 그는 자신에게는 무척이나 엄격한 사람이며, 무슨 일이든 최선을 다하는 책임감이 강한 사람이다. 일이 그르치기라도 하면 모두 자신의 탓으로 돌리는 남을 원망하지 않는 그런 삶을 살았다.

한편으로 시인은 세상에 존재하는 모든 만물을 늘 감사하고 귀하게 여긴다. 자신을 존재케 하는 모든 것들이 모두 감사의 대상이 된다. 일 년 삼백육십오 일을 손이 닳도록 막노동하면서도 언제나 감사하며 행복으로 시를 쓰는 그의 삶이 경이롭기까지 하다. 세상 사는 사람들이 감사하는 마음으로 가득하다면 이 세상은 얼마나 아름답고 행복할까? 앞에서 이야기한 시인의 삶에 대한 태도와 실천은 시 속에서 고스란히 느낄 수 있다.

시는 누군가를 가르치거나 훈계하기 위함이 아니나, 여명의 시를 읽노라면 왠지 누군가를 미워하고 세상사에 감사하지 못하는 나 자신이 부끄러움을 느끼게 된다. 시는 언어의 장난이 아니라 그 사람의 인생이어야 한다.
여명의 시는 한 구절, 한 구절마다 시인의 진솔한 삶이 느껴져

서 좋다. 어렵지 않은 시어로 편안하게 읽어 갈 수 있어서 좋고, 읽고 난 다음 가슴이 따뜻해져서 더욱 좋다.

부디 여명의 시를 읽는 모든 사람이 나 같은 마음이었으면 좋겠다. 여명의 시가 보다 많은 사람에게 읽혀 감사와 사랑으로 가득 찬 행복한 세상이 되었으면 좋겠다.

- 언제나 형님을 존경하고 사랑하며 따르는 동생 **이한준** 드림

나의 친구 여명, 첫 시집출간을 무량한 마음으로 감축드립니다. 매일매일에 아름다운 시를 선물해주는 아주 멋진 친구 여명, 그대는 언제부터 그렇게 글재주가 있었는가? 초딩 시절이 가물가물한데 어느 날부턴가 고운 글로 짜~잔 하고 우리 곁으로 와준 여명, 참 멋진 친구였구나. 진작에 좀 더 일찍 와주었으면 더 말할 나위 없으련만… 늦었다고 할 때가 빠르다는 것을…. 순수 청년 여명이여! 그대는 우리 '삼일회'의 보배일세. 그대 내 친구 여명, 항상 건강하고 늘 멋진 글 고운 글 건필하소서.

- 이정민

초딩 친구 이한길 생애 첫 시집이 출판되는구나. 톡에 한 편씩 올라오는 시를 읽어가며 너의 얼굴과 닮은 순수함과 머릿속에서 그림을 그릴 수 있는 그런 상상을 할 수 있어 무척 좋았어.

출판 축하드리고 행복하세요. 수고 많았어요. 늘 응원합니다.

- 남궁영수

맑은 영혼을 지닌 친구여, 세상의 빛과 소금보다 빛나는 친구여.
그대는 가장 고귀하고 자랑스러운 나의 친구입니다.
친구의 앞날에 맑은 영혼의 등불이 영원히 비추길 바랍니다.

- 김종국

여명 님, 축하드립니다.
한 번 보고 삭제하기에는 아까운 주옥같은 글이었기에 카피해
놓고 즐겨 봤는데 출간하신다니 너무 반갑고 기대됩니다.

- 김정희

이한길 시인과 저는 시골 어린 시절 꽃이 만개한 숲길 자락에
앉아 자연과 교감하며 내면의 상처를 위로받기 위해 시적 대화를
많이 나누었던 친구입니다. 어릴 적 시적 영감이 고스란히 깃든
첫 시집 탄생을 축하드리며, 아울러 하늘이 내린 시적 재능은 독
점하기 위한 선물이 아니라 마음의 치유를 원하는 독자를 위해 끊
임없이 좋은 시를 써야 하는 사명임을 명심해주길 바랍니다.

- 이종노

60년을 넘어 마음의 큰 꽃을 피우는 그대의 노력에 하늘도 감동하는구먼. 어둠 속에서 추위를 이겨낸 장미의 향기가 가장 향기롭듯이 친구의 시집출판이 높이높이 향기를 풍기며 오르기를 바랍니다. 긴 여정 속에서도 어려움을 이겨내고 꿋꿋이 한 자 한자 써온 우리 강하고 멋지고 훌륭한 친구의 시집출판에 뜨거운 박수를 보내드립니다. 수고 많이 하셨습니다.

- 이태용

　　이 형, 아주 오래전 종암동 시절이 떠오르는군요. 그때부터 지금까지 수십 년 동안 갈고 닦아 드디어 결실을 거두는군요. 축하합니다. 온갖 고난 속에서 헤쳐나온 결과물이라 더욱 소중하고 값진 작품이라 여겨집니다.

- 안상국

친애하는 나의 벗, 이한길이 황혼의 나이에 첫 시집을 낸다고 하니 감개무량한 마음을 감출 길 없습니다. 오랜 친우이기 전에 글쟁이로서, 시인으로서 이한길의 글은 꾸밈과 과장이 없이 절제되어 읽는 이로 하여금 편안함을 느끼게 합니다. 특히 이번 시집에 수록된 작품 대부분이 삶을 주제로 했다고 하니 그 역시 이한길다운 선택이라 여겨집니다. 글은 작가의 삶을 담은 그릇이라 합니다. 그런 의미에서 이한길의 시집은 친구로서 이한길의 삶을 잘 담아낸 진솔함이 있습니다. 모쪼록 많은 독자에게 이한길의 시가 많이 읽히고, 회자 되길 소망합니다. 다시 생명이, 희망이 만개하는 계절에 진정한 벗 이한길의 시집이 많은 이들에게 위로가 되리라 믿습니다.

- 손사권

참 부끄러운 일입니다.

대표작도 없이 첫 시집 출간을 앞두고 설렘과 기쁨보다는 긴
장감과 걱정이 앞섭니다.

사실 환갑 기념으로 시집을 출간하여 초등학교 동창들에게 선
물할까 했었는데 차일피일 미루다 오늘까지 왔습니다.

일만 하고 살다가 본격적으로 시를 쓰게 된 계기는, 절친 이태
산(2016.2.2 작고)의 소개로 모교인 화계초등학교 카페에 시를
올리면서부터입니다.

그때부터 지금까지 1,000여 편의 시를 썼습니다.

시가 좋아서 시를 쓰고, 다른 특별한 재주가 없으니 시를 쓰며
살았습니다.

이참에 작정하고 출간하려 마음먹게 된 것은 『은퇴전환기 마
음길라잡이』, 『인생 후반전 두려움 없이 서두름 없이』의 저자인
최주섭 친구가 용기를 주고 적극적으로 권유해준 덕분입니다.

늘 옆에서 응원해준 카페지기 이정민 친구와 삶에 기적이 있
음을 몸소 보여주고 하늘나라로 간 박경수(2017.5.26 작고) 후배

에게 가슴으로 감사드리며, 늘 말없이 응원해주고 시를 정리해
준 사랑하는 아내와 하나뿐인 나의 아들, 그리고 지금 너무 아픈
누이동생과 일찍 홀로되신 두 분의 어머님들께 작은 위로가 되
었으면 좋겠습니다.
　감사합니다.

2023년 눈부신 5월에

이한길

차례

제1장

설국(雪國)에서

그런 날이 올까요

제4장

사계(四季)의 장사꾼

설국(雪國)에서

제1장

서시

그날도
나뭇잎마다
바람의 나라에서 온
아름다운 무희가
온종일
춤을 추었다.

초록이 되어
초록이 되어
온갖 춤을
추었다.

나는 그 고운 자태에
놀라,
아름다운 시를
쓰고 싶었다.

그러나 시는
허공에서
허공중에서 맴돌다
어느새
그리움으로…

아름다운 무희는
자취도 없고
바람만 또 불었다.

(2010.9.3)

그해의 할미새

할미새 한 마리
새벽을 가르며 날아가는
나의 모습을 보았다.

한 번은,
불의(不義)의 세루에 온몸을 빼앗기고
아름답게 마음을 치장하기 위하여
온갖 거짓으로 나를 위로하여도
아침이면,
예리한 고통과 함께
날갯죽지가 아팠다.

그해,
나의 그리운 날들의 할미새는
세월에 취해
홀로 날아가 버렸다.

두 번은,
이념으로 깨어있는 머리를
잠재우기 위하여
술로 비틀거리는 밤이 아니라도
가슴 뼛속까지 아려오는
외로운 좌절 때문에
미친 듯
술잔을 꺾어야만 했다.

사방 둘러봄 없이
함께 웃고 울어주던
이웃들도 떠나고,
때때로 핏줄보다 더 애절하게
정을 나누던 동무들도
정말 믿기지 않게
세월이 무거운 듯 그렇게 쉽게
잊어버리고
자기들의 미래로 떠났다.

그럴수록
나의 그리운 날들의 할미새는

추억처럼 날아와
내 어린 가슴을 진종일 쪼아 먹다
피 토하며 죽어가고
죽어선 영원히 날아가 버렸다.

그리움은 그리움일 뿐
사랑은 사랑일 뿐
우정은 우정일 뿐…

마침내
세상은 아름답게 치부되었다.

(2010. 10. 3)

인연

바람은
구름을 밀어 오며
구름을 밀고 가며
끊임없이 가네.

바람처럼
구름처럼
내게로 오는 사람이 있고
내게서 가는 사람이 있네.

오는 사람
가는 사람이
다 내게서 간다.
바람의 사연으로
구름의 인연으로

(2010.10.10)

동심초(童心草)

뒷골 냇가 버들가지 휘어 꺾어
버들피리 불며,
찔레꽃 하얗게 핀 굽이 바로 돌아서면
그 옛날 버들치와 함께 놀던
작은 소(沼) 하나 있네.

구름 안에 버들치 두어 마리
재잘거리며 노는 아이.

천년의 요새
바람 그늘에 숨어
쉴 새 없이 장난치며 노는 아이.
지난가을의 낙엽 속에
얼굴 살짝 숨기고 도란도란 노는 아이.

비밀의 보고(寶庫)
유년의 모랫길을 따라

흩어진 돌무덤에
물버들 뿌리인가,
물살도 없는 그물 안에 떼 지어 노는 아이.
바위굴이 집인 양
들락날락 노는 아이.

순이도
무서비도
해남이도
추억처럼 돌아와 함께 논다.
버들치가 되어
천국에서 논다.

(2010.10.21)

헌시(獻詩)

개울가
오솔길 따라
점점이 피어 있는
이름 모를 꽃무리.

하도 예뻐
님께 보내려 한 순간
살짝 꽃잎 위를
날아가는 바람.

아, 님께서
그 부러진 맵시 보고
차마 슬퍼하실까,
꺾지 못하고
시(詩)로 적어 보냅니다.

꽃 중의 꽃 아니라도

누리에 퍼지는 향기 없어도
저리
아름다울 수 있는 것을.

길처에 한번 오시거든
나인 듯
보고 가소서.

(2010.10.31)

은행나무에게

가을은
뒷들로 나가
단풍나무 사이로
가만히 숨어 버리고.

강 건너
술래처럼 찾아온 바람에

지금
잠실나루에는
노란 꽃잎이 흩날린다.

보라!
미친 태풍이
바로 머리 위를 지나던
그날 밤에도,
성난 태양이

정수리에 꽂혀
불같이 내리쬐던
그날 낮에도

춤추고 소리했으나
하나 흔들림 없이
철각(鐵脚)처럼 우뚝 서 있던
내 어머니 같은
나무여.

네 푸른 이파리로
꼭 품어 지켜낸
사랑들이
알알이 익어
가지마다 휘도록
황금빛 알을 낳았다.

가을에
은행나무에게
그 도(道)를
묻다.

(2010.11.2)

35

탄금지교(彈琴之交)

공(公)이
빗속을 뚫고
어둠을 헤치며 왔기에

깜짝 놀라
황망히

사립문 밖에 나와
공손히 읍(揖)하고
예로 맞는다.

기별 없이
밤저녁 불쑥 찾아와
미안쩍어하는 마음
간신히 붙잡고

산채(山菜)에 소반(素飯) 술

서너 순배 오고 가니
이윽고
흥에 취한
공(公)이 바로 신선이라네.

밤 이슥토록
구슬픈 거문고 소리
천상의 음으로
길래길래 빗길 위를 노닐고

화답하듯
뒷산 어디선가
소쩍새 울음
비를 밟고 날아오네.

내가 힘들 때
공(公)이
목놓아 울었듯

공(公)이 힘들다는 말에
마신 술이 금세

눈물 되어 흐르네.

아무리 간난(艱難)하여도
공(公)은
하나밖에 없는
내 생명 같은 벗이다.

(2010.11.11)

설국(雪國)에서

아, 다 잡았다 놓친
새의 깃털처럼
그 순간 동동거림으로
내 첫사랑도 허예(虛譽)로이 왔다 갔듯이

한동안 신정(新情)으로
고달파 했던
허상의 시간 뒤안길에도
소르르 소르르 눈이 내리네
첫눈이 오네

그해 겨울
나는 한 마리 겨울 나비였네

밤새워 꿈길 따라
함박눈 내린 아침
내 유년이 그랬듯이

한 마리 순백의 나비 되어
살금살금
뒷문 틈으로 기어나가

땅에 닿을 듯
눈꽃 피운
앵두나무 가지에도 앉았다
하얗게 머리 센
장독대 지붕 위에도
앉아 있었네

나푼나푼 뒤뜰로
살그미 날아가
논도랑 썰맷길 신나게 돌아
하얗게 하얗게 눈먼
허방 어살에도 빠질 듯 앉았다
다시 날아올라

산토끼 오솔길
눈꽃 천지
국수나무꽃에도 앉았다

빙글빙글 할머니
도래솔꽃 위에도 한참을
앉아 있었네

사랑한 님의 땅
설산(雪山)을 뒤로
나지리 나지리 날아
눈바다 내를 건너
바람의 허공 솟대 위에
그리움처럼
오르르 오르르 앉아 있었네

아, 첫눈은
첫사랑처럼 와서
첫사랑처럼 가버리는 것을

혼신(渾身)을 다하여
눈안개 자욱한 설국의 우체국
빠알간 우체통 위로
나릿나릿 기어이 날아와
지친 날개를 접고,

처마 끝
키재기 고드름 하나 뚝 따서
너에게 편지를 쓴다

영영 보낼 수 없는
끝내 받을 수 없는
편지 한 통

설국의 고향에 묻고

하염없이 걸어서
집으로 오다

(2010.12.9)

42

정(情)

그대는
오월의 장미로 오지 마라
한여름 태양으로도 오지 마라
아름다움에 홀린 사랑은
순간 홀연히 사라지고
화구(火口)의 속같이 불타던 사랑도
때가 되면
쉬이 식어버리나니
차라리 그대는
아예 이별이 없는
저리도록 가슴 시린 이야기도 없는
프리지어의 일편단심(一片丹心)으로 오든지
사랑 사랑이
오래오래 세월에 곱게 영글어
정(情)이 된
고린도 전서 13장 사랑 장(章)으로
아름다이 걸어서 오라

정(情)은
언제 어디서나
가난한 이에게 등 보이지 아니하며
병든 이와 사귐을 망설이지 아니한다
지금 마음고생하는 이에게
그대여
한밤중 나무들 사이로 은은히 스며들어
달맞이꽃 활짝 피운
그 순정의 달빛처럼
해맑은 미소로 조용히 다가가라
그리고 그대여
땅속에 뿌리내린 땅을 밟고 사는
살아있는 모든 것을
오롯이 진정(眞情)으로 사랑하라
어머니의 품속인 양
정(情)으로 사랑하라

(2011.1.23)

바람 없이

세상에
바람 없이 꽃피우는 나무가 어디 있더냐

저리 주야(晝夜)에 흔들리며
춤도 추고
꽃도 피우는 것을

어느 해 몰래
가슴을 확 열고 들어와
내 생에 그림자로
평생을 공유(共有)하는 연인처럼 무상시(無常時)로
너울너울 춤추는 나뭇잎을
그 흔들림의 미학(美學) 아름다운 영혼들의 합창을

산들산들 나뭇가지가 춤추면
일제히 일어나 환호하는 잎사귀들

아 그렇게 나 그대에게 눈멀어
눈이 있어도 볼 수 없는 그대를
애초에 가까이 느낄 뿐 멀리서 흠모했는지라
기꺼이 이파리 틈에서 열광하노니
춤추는 나 행복하여라

인생도
꽃도 나뭇가지도
바람 없이는 사(死)의 정물(靜物)

세상에
바람 없이 이룩되는 인생이 어디 있더냐

느닷없이 인간사에 휘둘리다
전쟁 같은 애증(愛憎)과도 치열히 싸우며
때로 눈물 보이며
하나의 작은 소망이 이루어지는 것을
이것이 인생인 것을

바람에
춤추는 나는 행복하여라

(2011. 5. 4)

46

산(山) 저리 15락(樂)

山
저리 아름다울 수 있는 것을

山
저리 초록인 것을

山
저리 풀잎인 것을

山
저리 꽃인 것을

山
저리 하늘인 것을

山
저리 구름인 것을

山
저리 바람인 것을

山
저리 향기인 것을

山
저리 물인 것을

山
저리 사랑인 것을

山
저리 눈물인 것을

山
저리 기쁨인 것을

山
저리 친구인 것을

山은
저리 추억인 것을

山은 山은
저리도 너인 것을

(2011.5.5)

두물머리 송가(頌歌)

내 나이
지천명(知天命)이 넘도록
공덕 하나 쌓지 못하여
하늘조차 쳐다보기 부끄러운 삶
때때로 길을 잃었네.

오늘처럼 아예
번뇌(煩惱)에 잠 못 이루는 밤
괴로움만 사무쳐 한(恨)스레 고개 떨구다
첫차를 타고
두물머리의 끄트머리에 혼자 와 섰다.

하늘에서 내리는 안개비는 선경(仙境)인 양
아름다운 물안개로
한순간에 날 에워싸고 가로막아
눈먼 사람인 척 발끝만 잡고 왔네.
이제야

강물도 고요의 심장부(心臟部)로만 흐르고
새들도 잠든 적막강산(寂寞江山).
바람까지 잠들어 생명이 따로 없다네.

남(南)이 북(北)을 만나
그리움이 사랑을 만나서
강이 강을 만나 둘이 하나 되는 곳
두물머리에선,
그 옛날 검용소(儉龍沼)의 이무기도
길을 잃고 잠시 쉬어 갔으리라.
간밤의 전설을 전하기 위해
분주히 태양을 모시러 가는 바람
요기조기에서 금세 포르르 새들이 날아오르고
사르르 아침이 열린다.

거짓말처럼 찾아온 달콤한 나의 꿈.
돌탑의 기단(基壇)을 맨 처음 쌓아 올리듯
천상의 풍광(風光)으로 깨어나는 눈부신 두물머리
아, 다시 길이 보인다.
두물머리의 강물처럼 아래로 흘러가야 한다.
햇살이 좋을수록

그늘이 짙게 드리우는 것을
그 그늘을 사랑하며 살아야 한다.

사랑하는 연인들의 가슴처럼 붉은 노을이
강물을 따라와
황포돛배 위로 노랗게 부서진다.
순간 반짝반짝 일제히 파문지는 물결
문득, 수종사(水鐘寺) 종소리 들리는 듯
멀리 운길산(雲吉山)을 바라보다.

(2011.5.18)

춤

별안간
나는 한 그루의 나무와 접목(接木)됩니다.
금세 가슴이 나뭇가지가 되어
흔들흔들 이리저리 바람같이 휘어집니다.
나의 마음은 허공중에서
마치 구름을 밟고 가는 듯이
아 첫사랑에게 처음 받아본 연애편지처럼
온종일 와그르르 떨리다가
사랑이여 사랑하는 이에게
그만 사랑에 사랑을 못 견디어 못 이겨 춤을 춥니다.
만일 지금 이 순간
당신이 깨어있다면
저 바람과 나와 이파리가 한몸으로 추는 춤을
꼭 한번 봐주시겠어요?
그토록 오래된 갈망이
순식간에 한눈에 들어와
사랑에 감전된 듯 어지러이

전라(全裸)로 추는 아름다운 천상(天上)의 춤을.

저리 아이처럼 매달리는 이파리의 순정(純情)이

진정 나의 깨끗한 영혼이었다는 것을.

사랑이 사랑이 되어 온 몸맨두리가

슬프도록 황홀한 저 춤사위에

날이 갈수록 핑그르르

눈물만 앞섭니다.

(2011.6.26)

마음이 가슴에게

웃으며
해맑은 마음이 가슴에게 슬쩍 말을 건다.
수줍은 미소로 살포시 마음에 안기는
붉은 가슴.

웃음과 미소는
본래 하나라네.
하나인 듯 둘인
마음과 가슴처럼.

혹시 가슴이
포유동물의 머리와 배 사이에 있는
정신(精神) 같은 것이라면
하늘로만 자라는 나무 이야기일 것이다.
아님 마음은
여전히 볼 수 없는 곳 어딘가에 있을
혼(魂) 같은 것

바람에 포르르 떠는 잎새의 이야기일 것이다.

영영 볼 수 없는 마음과
늘 볼 수 있는 가슴(處子의 가슴은 절대 훔쳐보지 말 것)을
이름하여
마음은 공(空)이요 가슴은 상(像)이라네.

하늘을 찌를 듯 우뚝 솟아 있는
저 마천루(摩天樓)처럼
마음은 오롯이 현대를 지향하여 왔지만
고풍스레 이끼 낀 그 기와집처럼
가슴은 일편단심
고전(古典)을 동경해 왔다.

종소리와 동시에
그림 속으로 살짝 들어온 농부는
한순간에 사랑스런 그의 아내와
나무랑 잎사귀랑 일제히 정지되어
기도하고 서 있는 밀레의 만종(晩鐘)은
온전히 정(靜)이다.
정은 밀레의 고독한 가슴패기였을 것이다.

한낮과 어스름 그 이전 아침에
빛과 끊임없는 터치(touch)의 소용돌이 가운데서
연달아 변하는 그림자의 아름다운 세상을
수없이 그려낸 모네의 수련은
오로지 동(動)이다.
동은 모네의 불타는 마음자리였을 것이다.

때로는 몹시 세파(世波)에 휘둘리고 흔들렸을 것이다.
살기 위해 치열하게
언제나 몸을 반으로 줄일 수 있는
마음과
콩중이만큼도 줄일 수 없는
가슴과 지금 사랑처럼

그래 그래도
마음이 기쁘면 가슴이 웃고
마음이 슬프면 가슴이 운다.
그게 또 하나의
우리 운명이다.

(2011.7.11)

나도 바다가 되리

물처럼 흘러가리라
제집인 양 아주 낮은 곳으로
시원(始原)의 샘물처럼 솟아서
아래로 아래로만 흘러가리라
굽이 굽이를 돌아
소용돌이 속에서도 맴돌다가
가끔은 흙탕물이 되어도 좋으리

높이면 높아지리라
낮추면 낮아지리라
아주 낮은 곳에 사랑이 있으니
폭포수처럼 떨어져
나 거기에 살고 싶어라

구름에 인사하고
별에게도 속삭이리라
강가 풀숲 사이로 빼죽하게 고개 쳐든

이름 모를 꽃들을 사랑하리라
어쩌다 비바람에 흔들려도
나를 잊고 너만 생각하며 쉼 없이 아래로
아래로만 물처럼 흘러가리라

제집을 찾아 아주 낮은 곳으로
잘도 흘러가는 물처럼

진정 가난한 이웃 위해 기도하는 사람이 된다면
사랑하다 사랑하다 죽을 수만 있다면
성난 파도에 유빙(流氷)이 되어 홀로 떠돌더라도
저 수평선 너머 아름다운 노을이 맞닿은 바다에까지 가서
흔적도 없이 사라지리라
슬픔도 이별도 모르는
차라리 나도 심원(深遠)의 바다가 되리니
그의 사랑이 되리니

(2011.12.24)

루비콘의 강

루비콘의 강을 건너갔다.
강 이쪽에서 강 건너 저쪽으로 바람처럼
강둑을 넘는 너의 모습을 보았다.

세월이 차고 어둑했다.
늘 보이던 창밖의 십자가도 이제는 보이지 않았다.
마음은 널 품 안에 안고 붙잡았지만
몸은 십 리 밖에 따로 서 있었다.

하염없이 눈이 내린다.
네가 남긴 발자국이 금세 눈꽃에 가리어
보이질 않았다.
이별은 푸른 겨울 아침처럼 투명했다.

살아서 천국을 볼 수 있을까.
어느 한순간 내가 세상에서 가장 행복하다고 느낀
그 순간이 천국이었을까.

눈이 보지 못하여 마음만 보았을까.
눈감으면 찰나에 꽃밭 위를 날 듯이 보일까.

너를 용서하고
나를 해치리라 다짐했지만
사랑은 그 사랑에 미치지 못하였고
마음은 그 마음에 미치지 못하였다.

눈물만큼 진실하고 싶다.
창밖의 풍경처럼 늘 제자리에서
변함없이 변하고 싶다.
그렇게 사랑하고 싶다.
수정(水晶)보다 맑은 거울로
눈부신 빛이 되어
루비콘의 강도 건너오는 이가 있어
오늘 아침이 따뜻하다.

사랑이 가고 사랑이 온다.
정말로 사랑이 이별이
다 사람의 일이다.

(2012.1.1)

메타세쿼이아의 숲

사랑이 세상에서 가장 아름다웠다.

사랑했던 그 순간만큼은 나도 외롭지 않게
메타세쿼이아의 그 찬란한 낙엽 지는 숲속을
홀로 걸을 수 있다 싶었다.

그 가로수 길 위로 수많은 이야기가 지나갔을 것이다.
사랑도 웃음도 지나갔을 것이다.
만일 슬픔이란 것이 있다면 그 슬픔도 혼자서 지나갔을 것이다.

받는 것보다 주는 것을 너무나 좋아하던
가난한 이름들을 위하여
난 지금 그 길 위에 뿌려진
소중한 기억들을 줍고 있다.

아파서 그게 사랑이다.
눈물이 이게 사랑이다.

62

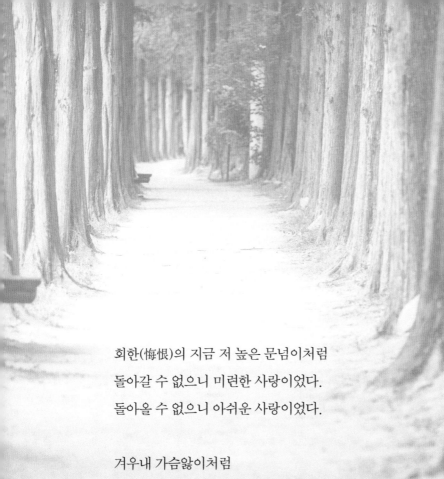

회한(悔恨)의 지금 저 높은 문님이처럼
돌아갈 수 없으니 미련한 사랑이었다.
돌아올 수 없으니 아쉬운 사랑이었다.

겨우내 가슴앓이처럼
메타세쿼이아의 가로수 길에는 지금쯤
추억이 함박눈처럼 쌓이고 있을 것이다.

사랑이 세상에서 가장 쓸쓸했다.

(2012.1.4)

탑(塔)

세상에서 가장 높은 탑을 쌓았다
순식간에 무너뜨린다

동천(東天)에 이윽고 떠오른 해처럼
눈이 부시다 너라는 사람

기적(汽笛)처럼
마지막의 순결이 운다

(2012. 2. 5)

잡초

어느
날
갑자기
불쑥 고개를 쳐들었습니다.
꽃이
꽃이 옆에 있는 것을
처음 보았습니다.

(2012.3.4)

난리(亂離) 났어요

사방에서
맨땅바닥에서
나뭇가지에서 봄이 봄이 오고 있어요.

지금
난리 났어요.

바람둥이 봄이
봄날이 막 쳐들어와요.

오색의 꽃 군단(軍團)을 앞장세우고
보무도 당당(步武堂堂)히
설산의 눈보라도 거침없이 넘고
넘어와

들로 내로 내닫는 초록의 분열(分列)이여.
저 어린 초록의 대반란이여!

지금
난리 났어요 난리.

사방에서
맨땅바닥에서
나뭇가지에서 꽃이 펴요 꽃이.

(2012.3.25)

눈물

난생처음
나는 태어날 때 울었고

살다가 살다가
기억할 순 없지만

슬퍼서 울고
괴로워서 울었고

때론 기뻐서 울고
사랑 때문에 사랑 때문에 아파서 울고
이별의 상처에도 울고 술 한 잔 그 개그 같은 삶에도 울었을 것
이다

너로 하여

꽃처럼 쓰러져 울고

68

바람에도 울고

하늘에도 땅에도 빌면서
너무 외로워서 고독해서 울고 가끔은
보는 것과 생각 사이에서 나도 모르게 저절로 울고

그러다가
그리 살다가

사랑한 이 세상과 드디어 입맞춤하는 마지막 눈물만큼은
내가 내가 이 세상에 처음 태어나던 그 순간에
울었던 울음처럼 천둥처럼
한 번은 꼭 혼자
울고 싶다

그 죄 하나 티 하나 없었을
청정의 눈망울로 너를
너만 쳐다보다가

(2012.3.31)

진리(眞理)

세상에 보이는 것과
움직일 수 없는 것들을

차례로

너와 내가
정복(征復)했다.

세상에 보이지 않는 것과
살아 숨 쉬는 것들은

함부로

너와 내가
정복(征服)할 수 없었다.

(2012.4.7)

70

꿈

아주 작은 사랑이네.

손 내밀면

잡힐 듯
잡힐 듯하여도

저 참새 같네.
그리고 내 주위를 빙빙 도는 비둘기처럼
난 잡을 수가 없다네.

어느 교회에서 울리는 종소리 같았네.

버릴 수도
더할 수도 없는
아주 작은 내 사랑의 반올림.

손을 내밀면,

내게 오는 듯
잡힐 듯하여도

내가 한발 다가서면
금세 날아가는 저 날랜 참새처럼
내 손바닥의 먹이만 잽싸게 물고 달아나는 비둘기 같았네.

허공처럼 무심해도 야속한 그 사람을 위해
종소리에 즉각 반사하는,
지금 나의 기도는

나눌 수도
곱할 수도 없는
아주 작은 내 사랑의 방정식.

정말 작은 슬픔이네.

(2012.4.22)

바람

수런수런 저리 온 산을 뒤지더니
나뭇가지 새의 5월의 잎사귀도 마구 흔들어 놓고
그 아래 지금 막 피고 있는 접시꽃 아주 작은
당신의 이파리도 파르르 건드려 놓고
결국 내 사랑까지 불 지펴 놓고

사랑 같은 이름에게
그림자 같은 사랑에게
길을 물으니

온 곳을 모르니 갈 곳조차 모른다 답하네

난 솔새처럼 아예 작은 가슴이지만
사랑 하나 가지고도 두근두근
이미 당신에게 흔들리고 있었던 거야.

(2012.5.7)

73

어머니

이놈의
눈물.

바보같이 천치처럼 잘도 흘리는
작은 눈물바다인가.

이놈의
또 몹쓸 눈물.

생각마다에 어찌 이리 흔한 눈물꽃이 피어 괸단 말입니까?

며칠 전 엄청난 골바람이 꽃잎을 떨구고 갔습니다.
가락동 181-2번지 앞을.

하지만 정말
꿈만 같아요.

그 야트막한 언덕 위에는

세상의 고독이란 고독은 혼자 안고 살아가는

그 외로움조차도 신앙이라고 굳게 믿고 사는 미친 너와 쓸쓸히 지켜보는 나 그리고 그놈의

애증(愛憎) 때문에 중병(重病)이 온몸을 칭칭 감아 아주 작은 세상 하나 열지 못하고

아예 열어 보지도 못하고 쭉정이가 다 된 다섯 개의 알을 품고 사는

은행나무 한 그루가 여전히 서 있으니까요.

미풍이 불고 총총히 푸르름이 달려와

온통 하늘이 보이던 J의 투명한 창가도 어느 틈에 가리어 놓고

온 대지를 사랑으로 덮어 놓은

5월 그리고 마지막 8일에

홀로 마시는 한 잔 술에 눈물이 뚝뚝 떨어지고

그 술잔에 고인 아름다운 당신의 이름을 곧잘 사랑이 받아 마시다

어느새 취하곤 합니다, 어머니.

어머니 어머니 난 평생을 늘 철부지 고아처럼

어쩌다 말 안 듣는 미운 일곱 살로 지천명(知天命)을 살아갑니다.

하늘에보다

당신에게 지은 죄가 더 무거워

저리 속절없는 나의 참회(懺悔)는 어쩌란 말입니까?

오늘도 그 은행나무가

어쩜 어머니의 사랑처럼

다섯 개의 알을 꼭꼭 붙들고 서럽게 서 있습니다.

어머니 어머니 이제 인제는

하나의 끈은 제발 놓아버리세요.

어머니.

어머니 어머니의 일생이

사랑이고 눈물이었기에

난 또 내일이

정녕 두렵지 않으니까요.

(2012.5.8)

길

앞만 보고 살았어도
늘 뒤가 있었습니다.

뒤에도 길이 있어
이리도 저리도 가 보았습니다.

잠깐 막다른 골목에서 불안해하기도 했었지만
다시 돌아서 가다 보면 또 새로운 길이
날 기다리고 있었습니다.

누군가가 걸어갔을 그 길이었을 테지만
난 난생처음 홀로 걷는 나그네처럼
그 길 위에서 아주 오래오래 방황했습니다.

그러나 외로워도 꼭 한 번은
치열하게 나의 길을 걸어가 보고 싶었습니다.

(2012.6.6)

벽

벽을 뚫어 버리게.

어쩌다 홀로이고 싶을 때가 그대의 벽이라네.

그러나 삶이 어디 한순간에 스러지겠나.

저리도 못나고 지지리도 행복한 그러나

그대의 지독한 쓸쓸한 삶 앞에는 늘 벽이 마주하고 서 있었던 것을

그 순간

난 잠깐 어느 한 사랑에 취해 있었네.

나의 삶이 그대의 삶을 닮지 못한 이유를 이제 알았네.

난 지금도 그렇게 생각하네.

저 하늘 그 끝이 없는 하늘가에 외로이 또 나를 마중하고 서 있을

반가운 그 사람 한 번만

죽기 전에 꼭

보고 싶었다고. 그리고

살아서 처음 그대가 어떤 공간에 온전히 갇혀 있었을 때

진정 아름다운 울림의 소리를

홀로만 들을 수 있었기를.

하지만 그대여 지금 나처럼 막막한 미래에 자신이 없을 때가

지금이 바로 기회라네.

그 벽을 한방에 뚫어 버리게.

사랑과 미움 사이 사랑과 사랑 사이에서

가깝고도 먼 그대와 나 사이. 볼 수 없는

번뇌가 늘 그림자처럼 따라왔었겠지만

차라리 그 벽을 뚫을 수 없다면

저 벽을 허물어 부수뜨리게.

사랑이 사랑이 지나가게.

오늘도 바람이 먼저 와서 반가이

그 길 위를 지나간다네.

(2012.6.16)

살다 보면

때로는 인생살이가 못 견디게
외롭고 막막했다
앞으로도
뒤로도
차라리 옆으로도 갈 수 없는
저놈의 경치를 따라가다
저리 아름다운 풍광에 순간 푹 빠져
세월 가는 줄 모르다가
설경(雪景)에 결국 홀리고
인정(人情)이란 욕심에도 홀리어
길을 잃었다
삶이 이런 걸까
한 인간의 삶이 이리 누추할 수 있단 말인가
유성(流星)처럼 한순간에 땅으로 스러지는 아름다운 인생
그 편린이 오늘 나를 슬프게 한다
터지고 부서져 흩어져 누워버린 내 중년(中年)의 꿈
내가 주워 담을 수 있는 것이란

내 눈으로 볼 수 있는 것과

떠나는 사람과

다신 돌아올 수 없는 사람들에 대한 아픈 이야기뿐이었다

바람의 재롱둥이 나뭇잎의 춤

아 세상 잔치에

초록보다 먼저 왔던 꽃들이 화들짝 놀라

꽃을 지우는 어느 봄날의 마지막 밤

떠나는 것에 대하여

그 사랑과 이별에 대하여

그의 물음에 홀로 답하기 위하여 꽃은

이 맨땅 위에 눈부시게 피어나 밤새워 저리 흔들렸구나

(2012.7.15)

옆의 사랑

마치 어제 태어난 사람처럼 그대를 사랑하다
오늘 하루를 그대 옆에서 진종일 사모하다
내일 죽을 사람처럼 치열히 또 그대를 애모했습니다.

아주 한참을 바람과 함께 서 있습니다.
참 추운 날에는 어쩜 해가 떠도 저 달은 지지 않습니다.

(2013.1.6)

21세기 후(後)에

사랑하니까 살다
미워하고도 살다
함께 21세기의
하늘도 보고 별도 보고
나뭇가지 사이의 이파리를 흔드는 바람도 보며
짧고도 긴 세월을 이 세상을 둘이 멋들어지게 살아왔으니

사랑도 이별을 하고
이별도 사랑을 하는
21세기를 또 한평생을 신명 나게 살다가
사랑이란 여자
미움이란 남자

또 만나면 그리 또 살자꾸나.

(2013.1.27)

그런 날이 올까요

내일은

남과 북 가끔은
동서(東西)의 갈림길에 서 있다.

내 나이 오십하고도 중반을 잘도 살았으니
돌아갈 준비는 미리 해두어야지 그런 상념에 젖어
이따금 후생(後生)을 생각한다.

널 만나 행복했다고 이생의 사랑과 눈물로
웃으며 작별할 수 있는 사람은 얼마나 다행일까.

생(生)과
사(死)의

한때 그토록 뜨겁던 내 가을의 단풍잎은
나의 기도는 물처럼 흘러가지 못했네.

시내를 돌아

개울을 따라
강의 언저리에서 맴돌다
바다로 가지 못했네.

이제 가장 큰 후회는
아주 작은 내 옹졸한 사랑이었네 하고
원망하면서 바다로도 가지 못한 인생을 한탄하고 있네.

얼마나 더 외로워해야 외로움과
다정한 친구가 될까.
얼마나 더 사랑해야 사랑과
외로이 하나가 될까.

반은 살아 있고
반은 죽어 있는 나이

그래도
내 남은 사랑은 남김없이 주고 가야지

그리 또
다시 다짐했네.

(2013. 1. 30)

아침 창가

별을 세다 그 별을 헤다
사랑이 먼저 간
아침 창가에는
미움은 늘 지각생이고

어쩜 오늘도 난 그리
바보 천치(天癡)같이
천연(天然)자석 같은
사랑만 또 하고 살까요.

(2013.2.16)

나팔꽃

지금은 새와 나
그리고 너와 나

뭇짐승이 길을 트기 전
참 고요의 세상

원컨대
내 잠들기 전에

초록이 6월을 이야기하기 전에
소쩍새가 가을의 꽃을 피우기 전에

저 뻐꾹새 우렁차게
온 산을 뒤흔들기 전에

새벽이슬에
함빡 젖어 야윈 너와 나

그리고 나와
너의 나비

고단한 날개 활짝 펴 바람결에
가뿟이 털고

꽃에게로 꽃에게로
날아가기 전에

사랑이 깨기 전에
땅 위의 생명들이 막 눈 뜨기 전에

내 잠깐 조는 찰나에

너는
오늘 아침

눈부신 이름
하루라는 생명으로

그 외로고 긴 짧은 생을

일생(一生)을 단 한 번에

단박에
꽃으로 피웠다.

(2013.6.23)

시(詩)

최초의 바람이었을까 잠깐
생각할 틈새도 없이
이름이 가물가물한
기억 속의

내게 너는 눈부신 아침이고
네게 나는 황홀한 저녁이고

그러나 최후의 바람같이
너무 보고 싶고
너무나 그리운 사람이기에

시(詩) 한 편을
절친(切親)을 통해
바람이 뒤흔드는 하늘 위 뭉게구름 사이
지금은 천상(天上)의 꽃이 된 그 사람 곁으로
띄워 보냈다.

자리끼처럼 아끼고 기도하고
간절히 갈구하던 시(詩)도 가끔은
너무 외로워 혼자 눈물을 뚝뚝 흘린다.

그런 새벽이면
으레 날 찾아와 바람처럼 별처럼
밤새워 초록과 춤을 추었던 한 사람.
하늘이 내어준 정(情)이 많았던 그 사람.

그리고 또
깜깜한 밤.

하이얀 포말로 끊임없이 밀려와 내게 부서지는
그 사람의 옛정은
저 수평선에 위에 홀로 떠 있는 오징어잡이배 등불처럼
치열히

오늘

내 삶의 일부로 산다.

그러나 또
동녘이 밝고
허망(虛妄)의 아침.

받은 보은(報恩) 못 갚은 세월은
무정히 가고
오늘은
어제보다 더 그리워

하늘만 쳐다보고 살다 가슴이 멍들고
땅만 보고 살다가 손가락에 새살이 돋는
모자란 한 인생.

참 간절했으나
그 세월이 어느새

술잔 너머로 멀리멀리
기울어져 갔다.

(2013.6.27)

다 거짓말

어쩌다
때론

미친놈처럼
지금 이 순간 네가 간절히 보고 싶다고
말한 적 있었다.

어쩌다
때론

미치도록 너를 위해
기도한 적 있었다고 한 말은

어쩌다
때론

이 세상에서 내가 사랑한 사람은

너밖에 없다고
한 말은

어쩌다
때론

너를 위해 너만을 위해 살아가는
내 삶은 늘 눈물샘이라고

혼자 말한 적 있었다.

내일은 꼭 잘될 거야 한
내 마음은 항상

어머니 어머니 내 홀어머니께
어제 한 말처럼.

(2013.9.2)

친구야

아침에는 잠깐
저녁내는 오래오래 그대를 생각했네.
나란 놈이 그래
말로는 못 하고 늘 가슴에만 품고 사니까.
서운했을 거야
홀로 울 때도 있었을 거야.
가을 낙엽처럼 쌓이는 미안함은
금세 하이얀 눈이 되어 흔적도 없이 또 덮이겠지.
그래도 가끔은
그대를 위해 기도하다.
봄 여름 가을 겨울이
금방 가는구나.
그래도 그래도 친구야
옛 추억은 잊지 말자.

(2013. 10. 1)

97

사랑

사랑 말고 빼기를 하니
거기에 사랑이 남습니다.
이제 사랑은
지금 막 돋는 새순 같습니다.
울창한 숲 그늘에 앉아
족히 반나절은
그대를 그리워했나 봅니다.

사랑 말고 다 나누기를 해도
거기에 사랑이 오롯이 남습니다.
사랑은 해맞이 같고
단풍잎보다 더 불붙어 불타는
이 가을의 저 간절한 노을 같습니다.

사랑에 사랑을 곱하니까
나도 가끔 미친 사랑을 하나 봅니다.
사랑 때문에 사랑 때문에

너무 아파할 때 있었으니까
나의 사랑도 아주 작은 저 십자가를
조금씩 닮아가는가 봐요.

사랑에 사랑을 더하니까
무조건 자신을 내어주고 사는 그대처럼
오늘은 당신이 너무 그립습니다.
나는 파이를 모릅니다.
나는 루트도 잊었습니다.

아무도 밟지 않은
허허로운 들판 저 설원(雪原)에서
둘이 두 발자국으로 와
하나로 꼭 만나서 원을 그리며
이 세상에서 가장 행복한 미소로
한번은 얼싸안고 돌고 싶어 미치겠습니다.

(2013.10.3)

꼭

어머니 살아서는 꽃이 되고
죽어서는 별이 되고 싶어요.
아버지 아버지 살아서는
아버지의 별이 되고
죽어서는 어머니 어머니의 꽃이
꼭 되고 싶어요.

세상천지에 꽃 같은 인생
별 같은 호사(豪奢) 한 번은
누리고 살 날이 올까요

아버지 나의 어머니
어머니 나의 아버지
그 사이에서 난 오늘도
행복하게 숨을 쉬네요.

(2013.11.16)

100

고독(孤獨)

전봇대 옆에
둘이 나란히 서 있었다.

하늘이 땅과 함께 와서
그렇게 넷이서 둥글게 서 있었다.

어느 바람이 낙엽을 끌고 와
한참을 친구가 되어 서 있었다.

그리움과 사랑이 달려와 여섯이
줄지어 아름답게 서 있었다.

(2013.12.22)

그런 날이 올까요

미안해요 하지만
잠깐 쉬어 가세요.

저리 아름답게
다 비운 나뭇가지를

한 번만 다시
쳐다보고 가세요.

곧 꼭 바로
꽃을 피울 테니까요.

기다림보다 더 바쁘게
아주 이쁜 꽃잎으로

당신 앞에
다시 필 테니까요.

그런 날이
벌써 왔어요.

미안해요 미안해요 늦었지만
그 한 말을 다 전하지 못하여

나뭇가지마다 함빡 눈꽃을
오늘도 또 피우고 있잖아요.

(2014.1.6)

동행(同行)

달처럼 당신에게 따뜻한 소원이고 싶어요.

당신에겐 별처럼 늘 쳐다보는 그리운 사람이고 싶어요.

해거름의 저 노을 같은 아쉬운 사람이라면 얼마나 좋을까요.

꽃처럼 오늘도 당신에게 내가 아름다운 사람이라면

바람처럼 늘 함께 동행할 수 있는 사람이라면.

은연중에

인연(因緣)은 그냥 한번 슬쩍

스치고 지나가는 것을.

외로운 심장 한가운데 또렷이 각인(刻印)된

당신의 이름처럼 그 어느 날에

저 눈 덮인 광야(廣野)를 홀로 헤매다

지쳐 당신이 돌아오는 길에

꼭 만나야 할 간절한 사람이 나라면

또 얼마나 좋을까요.

(2014. 1. 15)

104

추풍낙엽(秋風落葉)

나 그대도 모르쇠이다 살아온 인생에도
톡톡 낙엽이 진다.
눈물도 소리도 그 아무것도
남김없이

나의 봄날은 저리 순하고 여린 초록의 잎새처럼
또 다시 바람에 흔들릴 수 있을까?

생각과 영혼이 다 쓰러진
어느 눈을 뜨기 괴로운 날 아침
처음 팔을 움직이다가 겨우 다리로 걸어가서
바쁘게 하루라는 집을 짓는다.

그 초록의 잎새 은밀한 곳에 둥지를 튼 새처럼
정월(正月)에도 저 빈 가지에다 집을 짓는 부지런한 새처럼
다시 또 바람에 아름답게 흔들릴 수 있을까?

추풍낙엽(秋風落葉)처럼 다 바람에 떨어지고
다시 피운 저 초록의 잎새처럼
나도 어느 봄날
영원히

누군가의 꽃가슴이 되어
다시 한번 살랑일 수 있을까요?

(2014.1.29)

해

오늘 밤도 구름이 저 푸른 하늘을 헤치고
하염없이 동쪽으로 가는 이유를 모르겠습니다.

달도 자꾸 그 둥근 제 모습을 감추고
마지막 산을 넘어 바다 끝 동쪽으로 기우는
이유를 정말 모르겠습니다.

누구나 태어나
한번은 돌아갈 곳이 거기라 거기라
다신 다시는 누구에나 가르침이 없을 듯합니다.

한평생 정(情)으로 살다
눈물 뚝뚝 흘리며 사랑으로 살다
이렇게 아픔으로 살다 한 몸을

나도 해를 따라
편안히 동쪽으로 뉘겠지요.

그렇지만 해는 늘 동쪽에서 뜨고

사람이란 사랑이 또 눈을 뜨고

하염없이 그 해를 쳐다보며 살겠지요.

(2014.1.29)

참 봄날에

그렇게 그리워 그리워했나 봅니다.

지난 지난한 가을의 그 쓸쓸함을 함께 모아
인생도 담아

사랑보다 굳센
생명보다 힘찬 보고픔을

저 새싹보다 빨리
눈물보다 가슴보다 더 빨리

참 봄날이면 전하고 싶은 사람.
세상에

단 한 번만 피고 지는
그 사람의 꽃이 되고팠던 사랑도

저 순간에 아름답게 피고 지는
목련처럼

그렇게 그리다 그리워도 했나 봅니다.

어제 핀 그 아름다운 목련이
오늘 봄날의 아침 뚝뚝 떨어져 있네요.

그렇게 그리워하다
참 봄날의 나의 아침도 금방 갔네요.

(2014.4.2)

만약에 그리움이 있다면

언젠가 그대가 내 가슴에 화살처럼 꽂혔을 거야.
그 엄청난 사랑을 지금 내가 기억하고 있는 거야.
간절히 한번은 보고 싶다는 거야.
정(情)이었을까?
아님 추억이었을까?
그대와 나 살아서는 영원히
못 만나리라는 인연인 것을 알면서도

만약에 그리움이 있다면
하루 종일
밤 그리메가 올 때까지
태양처럼 그리워했다는 거야.
그래서 가장 눈부신 꽃은 5월에
간절히 피었다
지는 거야.

(2014.5.3)

편지

사시사철 그리움만 보냈습니다.

아주 가끔이지만
보는 것과
듣는 것의
어떤 묘한 가슴까지 보내고 싶었습니다.

그러나 아침에는 또
갑자기 백치(白痴)가 되었습니다.

아주 가끔이지만
너무 궁금해
어느
진한 이름에게

사시사철 아쉬움만 보냈습니다.

(2014.6.25)

창조(創造)의 아침

비로소 누군가를 간절히 원하게 하소서.
그 사람을 위해 날마다 기도하게 하소서.

창조의 아침
누군가의 힘이 되게 하시고

희망이 되고
사랑이 되게 하소서.

그의 꽃이 되고
눈물이 되게 하소서.

그 사람의 슬픔 옆에서
함께 울다 잠이든 사랑이게 하소서.

그리고 아침마다 거룩한
그 사람이 보고 싶은 사람이게 하소서.

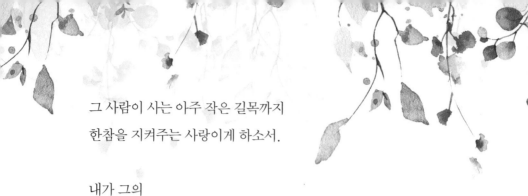

그 사람이 사는 아주 작은 길목까지
한참을 지켜주는 사랑이게 하소서.

내가 그의
그의 내가

창조의 아침
온통 서로의 생각이게 하소서.

(2014.8.14)

같아요

참 인생이 사랑 같아요.
참 인생이 꽃 같아요.

바람 같아요.
때론 구름 같기도 하고요.

언뜻 행복 같기도 하고요.
내 투정처럼
슬픔처럼

지금껏
살아온 언어(言語)처럼

봄 여름 가을의 그
허사로운 꿈.

짧고도 긴

하루의 기도 같아요.

늦여름 여위어 가는 가을 같은 사랑에
금세 또 하이얀
첫눈이 포근히 쌓이겠지요.

참 인생이 사랑 같아요.
꽃 같아요.

그 어느 날 갑자기 바람처럼 사위어 가는
단풍같이 낙엽처럼
쓸쓸히 지는 아름다운 저 꽃같이

눈물처럼 다
가을 같아요.

(2014.9.6)

등

그 사람이 저만치에 오는 모습을 보고
나는 뒤돌아갔다.
아침에 내가 그 사람에게 보인 등보다
가슴으로 더 아쉬워했다.
아니 아파도 했으니
그리하여
세월이 온통 그리했다.
사랑 옆에
사랑 뒤에
사랑 앞에 사랑
그리고 그 사람의 처음 가는 길 그림자를 보고
나는 서 있었으니
사랑도 첫사랑처럼
돌아보니 보고 싶은 사람들만
사랑처럼 줄줄이 서 있네.
나의 등 뒤에

(2014.9.8)

실어(失語)

살아서는 가슴으로 내려 읽어 가겠습니다.
죽어서는 마음으로 올려 말을 하겠습니다.

(2016. 10. 1)

기적

오늘 눈을 떠 보이는 사람이 기적입니다.
걷는 것도 기적입니다.
숨 쉴 수 있으니 또 지금이 기적입니다.
어제는 내게 기적 같던 사람이
오늘은 없어 그리움만 동동거림
나이가 아직 중천(中天)이거늘
인생이 다 그러한가 봅니다.
우정도 우애도 결국은 사랑도
남은 이의 몫인 것을
내 손 뻗어 진작 잡아줄 것을
미루지 말고 미루지 말고
내 가슴이 먼저 어루만져줄 것을
내 손이 부끄러운 지금
나의 가슴이 후회하는 오늘
기적 같던 사람 떠나 없는 지금
이름만 자꾸 각인됩니다.
오늘 눈을 떠 보이는 사람이 기적입니다.

듣는 것도 기적입니다.
말할 수 있으니 또 내일이 기적입니다.
나의 삶에도 그들이 있어
참 기적이었습니다.

(2018.3.10)

나

긴 그림자는 계속 나를 따라옵니다
저 눈부신 태양이 질 무렵.
쳐다볼수록 그리움 또한 깊어지는
저 달이 허공 중에 떠 있는 동안.
모르게 살짝
숨어 숨어봐도
달그림자는 연달아 나를 따라옵니다
어쩌다 마음까지 다 읽힌 밤.

(2018.4.28)

첫사랑

봄

여름

가을

그리고 겨울이 왔다 가네.

잊힘과 잊음의 세월

사이 사이에

그 사람의 이름과 얼굴이

생생히 살아 있네.

잊힘과 잊음의

세월 사이에

봄

여름

가을

그리고 겨울이 왔다 가네.

(2018. 5. 18)

122

신호등

한세상은 산 것 같은데
나
죽을 만큼 사랑도 못 해 봤네.
나란 사람
한세상은 산 것 같은데
사랑을 버리고 질주해 도망칠 만큼
사랑도 못 해 봤네.
나의 그림자는 오늘도
신호등 따라 가고 선다.
그리움은 다 핑계다.
눈물도 때론 미련처럼 가식(假飾)이다.
나도
한세상을 산 것 같은데
죽을 만큼 사랑도 못 해 봤네.
오늘도
서라면 서고 가라면 간다.

(2018.6.1)

나와 죄(罪)

십자가 바로 옆에
보름달이 떠
그림자가 셋입니다.
움직일 때마다
달빛그림자 가로등 불빛 그리고
아파트서 새 나온 빛으로
숨을 곳이 없습니다.
어서 나무 그늘에 숨어 봐도
내 그림자가 더 짙습니다.

지금까지 산 나의
죄(罪)의 형량(刑量)은 얼마일까요?
오월의 마지막 밤 10시
십자가 바로 옆에
보름달이 떠
그림자가 셋입니다.

과거 어제 그리고 오늘의 그림자 때문에
더 이상 숨을 곳이 없습니다.
속죄(贖罪)해도
너무 늦은
오늘 밤

(2018.6.2)

미련

봄철을 우는 새는
둥지가 없다.

봄비가 그칠 무렵
짓다 만 둥지를 박차고 날아간다.

춘정(春情)은 무슨 춘정
짓다 만 둥지 위에

나무초리를 물고
다른 새 앉아 우네.

(2018.6.24)

126

소나기

날 어쩌나
옆에 있는 사랑보다도
스쳐 지나간 인연을
피할 수 없다

(2018.6.28)

오감도(烏鑒圖)

이리 보고 저리 보고
바로 읽고 거꾸로 읽어도
그의 부적(符籍)처럼 난해하였다.

은유의 구중궁궐
시상의 첩첩산중

저기 어딘가에 꼭꼭 숨기고 있을
뻐꾹새 둥지처럼
아직껏 찾을 수 없었다.

얼마나 더 여위면
그 시(詩)의 이방인이나 될까.

아 허허로이
정(情) 같은 찔레꽃이
서설(瑞雪)처럼 지는 밤.

이순(耳順)이 되도록 풀지 못한
수수께끼처럼
간절하여도 볼 수 없는 신(神)의
얼굴처럼
서울 하늘에서

오늘도
그 사람의 별은 아스라이
먼 곳에 있다.

(2018.7.3)

함흥차사(咸興差使)

한반도는 지금
사랑 주의보.

꽃보다 아름다운 한 여자 때문에
꽃보다 아름다운 한 남자 때문에
못 살겠다.

한반도는 연일
폭염 주의보.

비를 찾으러 바람을 부르러
하늘로 날아간 나의 사랑 때문에
더 못 살겠다.

한반도는 지금
사랑 특보.

꽃보다 사랑하는 한 남자 때문에
꽃보다 사랑하는 한 여자 때문에

한반도는 연일
폭염 특보.

(2018.7.30)

낮술

꽃처럼 흔들렸네.

초록은 뭐라 뭐라고 흔들리네.

내 그림자는 또한 뭐라고
종일 흔들렸네.

구름이 땅 같다고
땅이 구름 같다고

바람은 뭐라 뭐라고 흔들리네.

내 발자국 소리는
사랑을 쓸며

꽃보다 더 흔들렸네.

(2018.8.3)

바람이
바람에게

제 3 장

너에게

바람처럼 너의 눈이 될게
사랑처럼 너의 가슴이 될게
별처럼 너의 밤도 될게

힘을 내
걱정도 하지 마
다 잘될 거니까

바람보다 빨리
사랑보다 먼저
별보다 어서
너의 아침을 지키는
그 하룻밤이 될게

아픔처럼
꽃이 지네

기도할게

앞만 보고 가자

다 괜찮을 거야

기적보다 앞에

서 있을게

(2018.8.16)

총소리

그 화려한 아침과 빛나는 저녁은 갔다.
순간 그 불타는 노을도 없다.
카뮈의 그 고독한 바닷가의 해후.
그리고 그의 고달픈 종말을 지키는
너와 나는 지금 어디에 있는 걸까.
그리하여 가끔은 그가 쓴 이방인의
주인공 이름을 생각한다.
하늘과 바닷가 아니면 아주 지저분한 사랑과
삶에게 그는 총을 입 맞추었을까.
어둠이 빛처럼
빛이 밤보다 더 빠르게 춤추는 저 총소리.
그는 빛보다 더 빨리
사랑을 겨누었을까.

(2018.9.10)

사막

바람처럼 읽고
바람처럼 쓴다.

바람에게 듣고
바람에게 말한다.

사막이 걷는 길의
아름다운 예우에 대하여

그 고독에 대하여
그 사랑에 대하여

바람이 가는 길의
그 고독한 사랑에 대하여

말로 하는 기도는 기도가 아니다.
바람에게 말하는

저 사막의 별처럼 가슴으로

간절히 말하고
바람에게 듣고

별이 뜨는 밤의
그 성스러운 예의에 대하여

그리하여 사막이여.

(2018.9.26)

몽촌토성(夢村土城)

어제와 오늘 사이는
　　　정(情)

오늘과 내일 사이는
　　　사랑

그 옛날 어느 날의 미친 기다림일까
　　　이 늦가을

몽촌토성 길가에 활짝 피었네
　　　철쭉꽃이

아하 어쩌나 철쭉꽃이
　　　바람났네

(2018. 10. 28)

가을 소묘(素描)

세상에서 가장 아픈 이와 동행하자.

이름 모를 새와도 동행하자.

누가 서울 하늘에 별이 없다 했는가.
동쪽 하늘에 별이 넷
서쪽 하늘엔 별이 셋
별이 없는 남과 북과도 동행하자.

세상에서 가장 미운 사람과 동행하자.

첫사랑과 동행하자.
이별과도 동행하자.

새벽 파지 줍는 노인과도 동행하자.
내 안의 친구와도 동행하자.

술 취한 고독과도 동행하자.
뒹구는 낙엽과도 동행하자.

바람난 늦가을의 철쭉꽃과
간절한 기도와도 동행하자.

사랑과 동행하자.

(2018.11.1)

하여금

하여 너는 그 옛날 첫사랑
하여 너는 지금 바람
늘 살아 있으니

봄 여름 가을 겨울의
하늘 같던 사람 잊지 못하네.

하여 너는 아침
하여 너는 지금 꽃
늘 살아 있네.

하여 너의 발자국 소리
숨소리 목소리.

나의 눈
나의 귀
나의 발

나의 손

너로 하여 살아 있으니
하여금 듣고 있네.

(2018.11.6)

수수께끼

세상에서 아주 먼 곳에
그리움이 있다네.

그만 잊게.

세상에서 가장 가까운 곳에
사랑이 있다네.

주어도 주어도 늘 모자라는
내 안의 사람 때문에

가끔은 홀로 슬퍼하네.

마음은 사랑
가슴은 정(情).

그리하여 그대와 함께 쓰는

나의 가을 동화는

지금 상연중(上演中).

(2018.11.24)

꽃과 사랑

한없이 바람에 흔들려야
한 송이 꽃이 피는 것을

끝없는 세파에 휘둘려야
사랑 하나 열매 맺는 것을

어찌 그대와 난 늘
술잔 기울이며
잊고 살았는가.

저리 달빛이 고운 날
꽃이 피고
열매 맺는 밤

당신은 꽃이라 말하고
나는 사랑이라 듣는다.

(2018.11.26)

솟대

누구를 위한 간절한 기도일까

그리움을 아는 그대는
오늘도 사람처럼 서 있네.

누구를 위한 간절한 사랑일까

해 질 녘

눈물처럼
직선처럼

나도 나란히 그대 옆에
서 있네.

(2019.2.9)

그이에게

삶이 뭘까 하고
사랑일까?

삶이 뭘까 하고
기도일까?

삶이 뭘까 하고
행복일까?

삶이 뭘까 하고
눈물일까?

삶이 뭘까 하고
혼자일까?

삶이 뭘까 하고
내 숨일까?

삶이 뭘까 하고
내 하루일까?

삶이 뭘까 하고
난 또 잠을 자.

(2019.3.26)

바람이 바람에게

구름처럼 살다 너의 이름도 잊히네.
초록처럼 빛나던 얼굴이 가물댄

오늘 하루처럼

그리 사네.
그리 세월이 잘도 가네.

삶이 다 그러네.
가끔은 나도 할 말을 잊는다네.

꽃이 지는 처마에 마지막 제비는
새끼를 키우고
서로 소중한 안부도 전하지 못한

오늘 하루처럼

그리 산다네.
그리 참 세월이 잘도 가네.

때론 시와 노래와
친구와 술과 옛사랑이 떠난 그 자리에
슬픔 자리에 바람처럼

서 있던 사람.

그 사람을 위해 한결같이
오늘의 바람이 부네.

(2019.8.13)

누이

가슴을 줄 수 없어
가슴이 찢어지네.

마음을 나눌 수 없어
마음이 이어 미어지네.

아무리 기도하여도
그녀의 병(病) 앞에 절규 앞에
난 무기력하네.

가슴도 마음도 피도
줄 수 없고 나눌 수 없어
사랑이 속절없네.

어둡네
요즘 삶이

그래도 성하염열(盛夏炎熱)의 8월이 가고
저기 어디서 귀뚜리 우네.

다시 아침 기도할 수 있으니
늘 희망 누이에게.

(2019.9.6)

손님

예의를 다했지만 님이 떠난 빈자리에
후회만 가득합니다.
그 자리에 아직도 아쉬움과 사해(四海)의
고독이 큰 그리움으로 앉아 있습니다.
한 번 왔다
한 번 가는 인연 사이에
사랑으로 내 가슴을 뚫고 지나간
님의 언어는 기도문(祈禱文)처럼
오늘을 살아내게 합니다.
님은 바람결이야 가는 발길도 돌릴 줄 모르니
산목숨이 오늘이 어제인 듯
하염없이 또 기다릴 뿐.

(2019.9.30)

절정(絶頂)

절대 깨우지 마
건들이지 마 어느 생명체도

초록이 잠든 저 순간만큼은
살아 있는 사람만 봐

꿈결 같네 삶이 아주 가끔은
사무치는 사람 있네

(2019.10.1)

시(詩)월은

시(詩)월은 아무에게나 꽃이다.
시(詩)월은 아무에게나 별이다.

아무에게나 단풍잎처럼 물들어

　　사랑이 되고
　　이별이 되고

눈이 있어도 귀로 듣는 아름다움을 모르니
　　때론 그 남자가 부럽네.

지금 그 여자는 낙엽처럼 자유로이
　　바람 따라 헤매네.

가장 구석진 낮은 곳에서
　　우리가 만나세.

(2019.10.13)

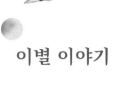

이별 이야기

시(詩)를 죽여
등에 업고
아무도 모르는 깊은 골짜기에
묻고 온 날
온종일 비가 내렸네.

나(身)를 죽여
등에 지고
저 영(嶺) 너머 어딘가에
묻고 온 날은
외로이 혼자 울었네.

그 찰나에 빛과 어둠
해와 달 사이로 살짝 숨는
나의 영혼을 보았네.

그날 나의 시(詩)와 이별했을까

나의 너는 그날 가버렸을까

사랑이 없으면
이별도 없으니

이별이 있으니
사랑도 있네.

(2019.10.17)

옥상 배추

내가 사는 빌라 옥상에서
배추는 잘도 큰다네

달빛을 먹고 큰다네
별이 친구라네
비는 손님
바람이 애인이라네

내 발자국 소리는 덤이라네
내 숨결조차도

어쩌다 오늘은 독백처럼 가치가 없는 날이야
기도처럼 후회처럼 나 흔들렸으니

옥상 배추는 내게
달빛도 먹고
별을 벗하며

친구처럼 살라 하네

비처럼 흔들리지 말고
바람이 애인인 양 살라 하네

(2019. 10. 18)

철쭉과 가을

또 피었네 작년 시월에 핀 철쭉꽃이
올 시월에 다시 그곳에

몽촌토성(夢村土城) 길가에서
안녕하고 내게 말을 거네.

단풍잎 물드는 시월은
왠지 초록이 아쉬워

어쩌다 꽃에게 나의
눈동자를 베이고

꽃피울 수 없으니 시월에는
낙엽처럼 스스로 옷을 벗네.

(2019.10.23)

11월이 1일에게

태어날 때 울고
돌아갈 때 울고

누구에게나
최초의 최후의 눈물처럼

한 여자가 울고
한 남자도 울다

그리 살다 가는 것이
삶 아닌가

그대는 미운 이를 사랑한 적 있는가
그대는 사랑 이를 미워한 적 있는가

그리하여 다 삶이다.

인생은 누구에게나
아름다운 여정(旅程)이다.

혼자 소설을 쓰고
혼자 시를 쓰고

얼굴과 말과 술과 느낌이 있는 하루
늘 감성은 오늘의 사치다.

다 주지 못하여 안타까운
기도로도 모자라는 하루는

11월의 1일은

그 남자의 웃음과 슬픔
고독까지 품어

그 여자가 세상에서
제일 행복했으면 좋겠어.

(2019.11.1)

때

너무 빠른
너무 느린

때란 없습니다.

너무 아픈
너무 기쁜

때란 없습니다.

미움이 한순간에
사랑을 품는

너무 느린
너무 빠른

때란 없습니다

늘 내일 또
시작만 있습니다.

(2019.11.9)

낙조(落照)

어머니

저 나무는 바람보다도 빨리
제 한 몸을 비워 의연합니다.

어머니

저 노을은 자꾸 늙어가실수록 곱고 아름다운
어머니의 얼굴을 꼭 빼닮습니다.

저는 이제야 압니다.
어머니

저 나무처럼 비우며
주고 베풀라는 어머님의 말씀을

받는 기쁨보다

주는 행복이 크다는

하나를 받으면
열을 내주라고 하신 그 말씀을

어머니

바람보다도 빨리 낙엽 진 저 나무보다 빨리
첫해 첫 초록이 되어
안부를 전할게요.

어머니

어머니를 초침보다 빨리 사랑하는

2019년은 12월 3일에
초동(初冬) 비에 젖은 아들이.

(2019.12.3)

그대라는 사람은 참

노을을 보면 눈물이 납니다.

저 불타는 노을처럼
오늘을 아름답게 살다

치열하게 가는 삶이
어디 있을까요.

자꾸 슬퍼지고
돌아보고 싶지 않은 어제를

돌아보는 11월의 마지막 밤은 사랑
행복을 다 줄 수 없었지만

돌아가는 길을 알고 가는 이와
돌아가는 길을 모르고 가는 이와

이제는 다 잊힘의 세월이라 후회처럼
오늘만 남았지요.

노을을 보면

참 그대라는 사람을 생각하면
어찌하여 또 눈물이 납니다.

(2019. 12. 10)

두 때란 없습니다

사랑도 한때
그 치열했던 첫사랑도 한때
고독도 한때
슬픔도 한때
그 처절한 눈물도 한때
일도 한때
젊음도 한때
그 아픈 우정도 한때
꽃도 한때
그리움도 한때
저 보름달도 한때
저 질풍노도(疾風怒濤) 같은 바람도 한때
노래도 한때
시도 한때
그 간절한 기도도 한때
저 위대한 인물도 한때
홀로서기도 한때

어제도 한때

오늘도 한때

저 눈부신 아침도 한때

초록도 한때

장마철도 한때

저리 눈 아린 이별도 한때

가슴 저린 후회도 한때

박수도 한때

행운도 한때

저리 고운 단풍잎도 한때

애인처럼 질척거리며 내리는 첫눈도 한때

저 기해(己亥)의 12월처럼

짧은 여로(旅路)의 끝도 한때

(2019.12.18)

사랑의 역설

초침

분침

시침마다

그대를 사랑했을까요

아침은 늘 그래요

저녁이 오니까요

봄이 솔잎

여름은 정말 초록

또 가을은 불타는 사랑

지금은 겨울

간절히 사랑할 시간

나는 그대를 얼마나 사랑했을까요

늘 사랑은 후회

늘 사랑은 기도

사랑했나요

정말 나를 사랑했나요.

겨울은 세상에서

가장 아름다운 따뜻한 세상

한 사람을 위해

눈이 내리고

한 사람을 위해 이 겨울이 오겠지요.

시침

분침

초침마다

가끔은 사랑 때문에

그 사람 때문에 정말

꽃이 피고

달이 뜨고

저 들에

(2019.12.21)

임하소서

비처럼 눈처럼
가장 낮은 곳으로 님이 오소서.

기도처럼 오소서.

님은 가난처럼 오시고
고독처럼 오시고
때론 1월처럼 오시고
12월처럼 오소서.

그 사이 보름달처럼 오시고
기쁜 날에 오시고
생일날처럼 오소서.

어느 사이 그믐날
외로운 날에도 오시고
슬픈 날에도 오소서.

단풍처럼 낙엽 지어
가장 낮은 땅으로 님이 오소서.

기적처럼 오소서.

님은 눈물처럼 오시고
사랑처럼 오시고
때론 12월처럼 오시고
1월처럼 오소서.

(2019.12.28)

모모에게

꿇림의 세상은 없을 거야.
네게는
거짓도 허위도 권위도
힘으로 세상을 지배하는
꿇림의 세상은 없을 거야.

그래
그래야만 돼.

저 간난(艱難)한 민주주의를 짓밟는 나라는 가라.
저 자유로움의 날개를 꺾는 나라도 가라.
그 옛날의 동서(東西)도
지구의 분쟁을 끊임없이 조종하는
남북(南北)의 세력도
전운(戰雲)까지도 조종하는
그 두 나라는 가라.
내 선조(先祖)를 아프게 한 나라도 가라.

힘으로 한 나라를 짓밟은 나라도 가라.

그리하여 민주주의여
저 거대한 대륙(大陸)에 맞선 용감한 자유주의여
주변인의 동병상련(同病相憐)이여

총칼이 없는 군함이 없는 항공모함이 없는
미사일이 없는 핵(核)이 없는
군인이 필요 없는

모모야 사랑처럼 네겐
더 끓림의 세상은 없을 거야.
거짓도 허위도 권위도
힘으로 이 세상을 지배하는 나라는
이 세상에서
영원히 없어질 테니까.

(2019.12.30)

화두(話頭)

있을 곳에 없고
없을 곳엔 있다.

없을 곳에 있고
있을 곳엔 없다.

봄날이 춘삼월(春三月)이
아직 까마득한 동지(冬至)에

저 부지런한 까치 부부는
벌써 둥지를 틀었다.

한 치 앞도 모르는 나는
돌아갈 길은 잘도 알고 가네.

(2020.1.1)

공(空)

그 하나를 다 내려놓지 못하여
저 멀리 가는 그대를 놓쳐버렸네.

(2020.1.2)

삶

삶이 다 사랑이다.

오늘은 다 어제가 있어 삶이다.

슬픔과 고난 소원이 있어

저 아름다운 보름달도 뜬다네.

어제는 사람 때문에 눈물이 나고

오늘은 드라마를 보다 눈물을 흘리네.

사랑도 이별도 이제는 다 삶이네.

아침과 저녁이 가면

내일이 있어 또 새로운 기쁨과 시련이 기다리고 있는

미래가 남아 있고

거기서 거기서 서서 어느 날은

눈물만 흘리고 있겠지.

(2020.1.5)

진달래꽃

사랑일까
첫사랑일까

내가 아는 그 여자가
진분홍의 꽃잎을 물고 왔네.

사랑일까
아쉬움일까

그리움일까
추억일까

내 고향 홍천(洪川) 만산령의
나의 아버지의 어머니가 그토록 좋아하던 꽃이 피고
나의 어머니의 어머니가 저토록 좋아하던 꽃이 피고

꽃이 지고 4월이 가고

님이 없는 꽃잔치에 봄이 가네.
봄날이 잘도 가네.
눈물처럼

그 여자와의 첫 키스는

사랑일까
미련일까

(2020.2.1)

사계(四季)의 장사꾼

제 4 장

섬김에 대하여

나는 때론 저 밑바닥의
청소부로 살다
나는 때론 가을의 외진 낚시터에
홀로 앉아 저 마지막 낙엽이 큰소리로 톡 하고
아름다운 인연을 끊는 소리를 들었네.
살다 보니 참 어려운 것이
나를 내려놓기
나를 비우기
나는 도인(道人)의 근처도 못 가
신(神)의 뜻도 몰라
달을 섬기고
바람도 섬기고
꽃도 섬기며
태양을 섬기고
저 초록을 섬기고
비를 섬기고 구름이 가는 저 하늘의 노을을 섬기고
저 단풍잎 하나를 섬기고

마지막 남은 한 잎새를 섬기고 살다
한 아픈 사람도 섬기고 사네.
사랑은 오늘도 너무 늦게
섬김 뒤에 와 서 있네.

(2020.3.6)

사랑의 기술

비가 올 듯 말 듯
사랑이 올 듯 말 듯 한 날의 밤하늘에
최초의 별이 떴다 졌다.

사랑이 뭘까
한없는 기다림의 순간이 있어

주는 걸까
받는 걸까

잡아야 하는 걸까
놓아주어야 하는 걸까

꽃의 옆에
바람같이 서 있던 한 사람의 이름은
사랑일까

사랑이 뭘까

기도일까
눈물일까
아니면 참회일까

사랑은 오는 걸까
가는 걸까

어디서 이름 모를 새 한 마리 날아와
잠을 청하는 노을의 끝 거기가

사랑일까
아님 그리움일까

어쩌나 난 이별을 앞둔
5월 22일의 밤에
낚시를 접다.

그 순식간에 사랑이
왔다 갔다.

(2020.5.22)

나는 천사와 같이 산다

절벽과 절벽의 틈 사이로 겨우 가다
그 사이 사이에다 벌써
바람이 꽃을 피웠네.

새 한 마리 날아간 그 자리에
아예 그리움이 앉아 있네.

천사는 모든 죄(罪)를
용서한다네.
절벽과 절벽 사이의 그리움까지

그 절벽을 겨우 빠져나온
나는 천사와 같이 산다.

(2020. 6. 29)

하루살이

동행은 영속성이다

아침은 저녁과 동행한다
저 하늘의 별은 꽃과 동행한다

기쁨은 슬픔과 동행한다
사랑 또한 이별과 동행한다

동행은 영속성이다

바람은 비는 모든 사물과 동행한다
사람의 생각과 생각은 동행한다

꿈은 지금과 동행한다
오늘은 내일과 동행한다

기도와 아픔도 동행한다

미움은 후회와 동행한다

님과 나 사이
삶과 죽음이 오늘 치열히 동행한다

(2020.8.11)

사랑의 빛

살아갈수록
늙어갈수록

알알이 익어
고개 숙인 벼 이삭처럼
타인에게 겸손하자.

다 벗어주고
빈 몸으로 서서
대지의 품 안에 감사하며
하늘을 우러러 기도하는
저 겨울나무처럼
아낌없이 주자.

가진 것 하나 없이
빈손으로
이 세상에 왔으니

돌아갈 때는
새의 깃털처럼
가벼워야 하리.

주는 사랑보다
받는 사랑이 넘치네.

아 어이할거나
사랑의 빛은.

(2020.11.15)

이문(里門)안의 밤

1열
낙엽 지는
이문안*의 작은 호숫가에
그리움이 앉아 있네.

쪼르르
추억이 찾아와
옆에 앉네.

소곤소곤 별이 뜨고
별이 지는
이문안의 밤.

만남보다
헤어짐이 많은
슬픈 나이

2열

아무리 기다려도
영영 못 볼 사람을
보고파 하는 마음

속절없이 이문안의
세월은 가는데

오늘은 그리움이
너무 하늘 같네.

3열
당신의 그 빛나는 언어는
시(詩)가 되고
노래가 되고
나의 혈관 속을 타고 흐르는
피가 되어
다정다감(多情多感) 살아가네.

날이 갈수록
당신의 깨끗한 영혼이 그리워

(2021.11.28)

* 이문안 : 경기 구리시 교문동에 있는 작은 호수

여명(黎明)에게

기다려도 오고
기다리지 않아도 온다.
아무리 애원해도 가고
애원하지 않아도 간다.

기쁘든 슬프든
사랑과 이별
추억이 쌓여
그 사람의 인생이 된다.

영영 볼 수 없어야
까마득히 먼 곳에 있어야
그리움이다.

소복소복 하나씩
그리움이 쌓여
일생이 된다.

늘 가까이 살아야
저 어둠을 뚫고
여명이 온다.

(2022.1.1)

설레게 합니다

봄은
아직도 나를
설레게 합니다.

출근길
초이동 실개천서 조우(遭遇)한
할미새 한 마리
날아갈까 두려워
눈인사도 못 하고
멀리 돌아가며 봅니다.

호젓한 길가에서
우연히 만난
노랑나비는
너무 반가워
하마터면 만질 뻔합니다.

도시의

작은 골목 위를

비상하는 제비 두 마리

하도 반가워

소리를 좇아가다

목이 젖히는 줄 모릅니다.

초등학교 때

짝꿍인 예쁜 춘희(春姬)는

꽃구경 가자고 성화입니다.

봄은

여전히 나를

설레게 합니다.

(2022.4.10)

너의 나에게

의지를 곧추세워
혼자서 일어나자.

살다 보면

사랑에 눈멀어
눈뜬장님으로 살 때도

슬픔이 빗줄기처럼 쏟아져
길을 잃은 날도
돈만 좇다
궁지에 몰려
삶을 내려놓아야 할 때도

이별을
피로 쓰던 날도

부질없는 욕정(慾情)으로
밤을 불태우던
그 허무한 아침도

꿈을 대낮처럼
활활 지피던 밤도
멈춤을 모르던 저 지독한 쓸쓸함
너무 아픈 청춘도

다 지나가더라.

생각을 곧게 세워
스스로 걸어가자.

(2022.5.6)

그리움

그리움이란 놈은
술래의 아이처럼
꼭꼭 숨어 있다
별안간
내 앞을 막고 선다.
시도 때도 잠도 없는 너는
나의 오랜 연인이다.

그리움이란 녀석은
동심(童心)의 언저리서
정신없이 놀다
생각의 밭에 씨를 뿌리고
어느 날 갑자기
꽃으로 피어
나만 쳐다보고 웃는다.

나바라기* 너는

내 생(生)의 마지막 사람이며
신(神)이 선물한
완벽한 사랑이다.

이별이 아름다운
또 다른 이름이
그리움이다.

(2022.5.22)

* 나바라기 : 국어사전에는 없는 나만 바라보고 사는 사람을 총칭하여 일컫는
　말. 여명의 창작어임.

사랑에게

몽당연필처럼
짧은 봄날이 가고
산천에 꽃지고
지천(至賤)으로 꽃피우면

신의 뜻에 따라
한 천년 걸음으로
내게로 와 인연이 된
꼭 한 사람
사랑이다.

온갖 시련에 휘둘리며
이별의 문턱에서
눈물로 살다
그 세월까지 이겨내고
원숙한 여인으로 다시 돌아온
딱 한 사람

사랑이다.

노을에 붉게 물드는
새털구름같이 예쁜
엽서 한 장
참회(懺悔)의 글로 빼곡히 채워
사랑에게 띄운다.

(2022.6.4)

영산(靈山)의 돌탑

하늘을 우러러
온몸으로 받들고 서 있는
영산의 저 돌탑은
누구의 작품일까.

공덕을 쌓듯
한 계단
두 계단
혼신을 다해 쌓아 올린

그리하여
아무도 손댈 수 없는
집념의 돌탑을
누가 쌓았을까.

억겁의 세월을 넘나들며
오롯이 한 사람의

상처를 아물리기 위하여

천 계단
만 계단 쌓아 올려
저리 오묘한 것인가.

그러나 위대하여
하도 위대하여

뭇사람들을 위로하며
서 있는
저 명산(名山)의 돌탑은

애초에 누구를 위한
간절한 기도였을까.

돌 하나에서 시작되었을
그 탑의 맨 처음 돌이
못내 궁금하여

이리 찾고 저리 찾아도

나는 영혼이 없다고
꼭꼭 숨어있더라.

이 돌탑의
주인은 알까.

(2022.7.23)

만춘(晩春)

저 하늘에 끝이 없다는데
나의 참회는
언제쯤 하늘에 닿을까요
천둥이 치고
바람이 부는
만춘(晩春)의 밤
삶의 때를 벗기우지 못한 채
흐르는 철없는 후회로
세월이 세월이 가는데
하늘이 멀다고
어서 꽃피우라고
소쩍새는 저리도 우는데

(2022.8.22)

산사(山寺)에서

스님 한 분이 눈으로 들어와
나는 절로
산사의 풍경이 된다.

때를 알고 화답하듯
쏙독새는 우는데

스님 한 분이 귀로 들어와
나는 절로 아미타불
독경(讀經)을 왼다.

(2022.8.29)

그물

강과 강
  사이

술과 술
  사이

낮과 밤
  사이

수없이 쳐놓은
그물을
단방에 풀어

너와 나
  사이

기도와 기도

사이에

사랑만 걸리는
세상에서 가장 아름다운
그물 하나 치다.

(2022.9.25)

사계(四季)의 장사꾼

나는야 신나는
사계의 장사꾼.

월요일에
사랑을 팔고

화요일에
소망을 팔고

수요일에
믿음을 팔고

목요일에
행복을 팔고

금요일에
웃음을 팔고

토요일에
기쁨을 팔고

일요일은 안식일(安息日)
하루 쉬지요.

주력 상품으로

봄에는
파릇파릇한 소원을 팔고

여름에는
덥다 더워 시원한 복(福)을 팔고

가을에는
하 쓸쓸하여
가슴에 콕 박히는 시(詩) 한 줄 팔고

겨울에는
춥다 추워 너무나 간절한
그러나 아름다운 따끈한 기도를 팔고

이 모든 것을 무료로 드리는

나는야 즐거운
사계의 장사꾼.

(2022.10.14)

폭포

이렇게 간절히

아래로
아래로

떨어지는 모든 것에는
말의 시비(是非)가 없어
어떤 언어의 수식도
부여하지 않는다.

마치 숙명처럼
주야로 쉴 사이 없이
번개보다 더 빨리
초침보다 더 빨리

자신을 내려놓고
고고(孤高)히 떨어진다.

번뇌의 정수리에 퍼붓는
저 혼의 소리
일각(一刻)에
수천의 가슴들이 환해진다.

(2022.11.20)

흰 고무신의 전설

내일은 장에 가신다고
예쁘게 닦아 놓은
할머니 흰 고무신
댓돌 위에서
눈보다 희어 반짝인다.

반기듯
목련이 목련꽃도 활짝 피어
어서들 꽃피우라고
봄꽃 축제의 서막을 환히 열다.

아 저리 순결한
순백의 향연(饗宴)이여.

할머니 흰 고무신은
시집오실 때부터
언제나 십문(十文) 삼.

가는 길 십 리
오는 길 십 리
홍천장은 왕복 이십 리
신나는 여정.

오늘도 장에 다녀오셨나
흙탕물 튀어
여기저기 얼룩진
할머니의 흰 고무신.

늘 깨끗하고 고귀했던
할머니의 짧은 일생 같은
목련이 목련꽃도 지고
떨어진 꽃잎 흙물 들어

하나의 영혼으로
내 어린 심장 속에 살아서
흰 고무신의 전설로
새겨져 있다.

(2022.12.21)

피아노 나무

한 나무를 안고
소녀가
살포시 귀를 대옵니다.

물 흐르듯
소녀의 입가에서
웃음이 번져 나옵니다.

집으로 가는 길
수천의 음계(音階)가
소녀의 뒤를
졸졸졸 따라가옵니다.

(2023.1.29)

봄비

이 저녁에
비가 옵니다.

할머니 마음처럼 다정히
새해 첫 단비가 옵니다.

호롱불 하나 창가에
추억을 켜놓고

어느 먼 곳의 그리움이 달려와
가슴을 마구 때리는

이 저녁때
봄비가 옵니다.

천지(天地)의 생명을 다 살리는
이렇게 사랑스런 꽃비는

어쩌면

저 하늘의 눈물

그리운 사람의 눈물인지도 모르겠습니다.

(2023.4.5)

님과 벗

1

님이 님이라고
다 나의 님은 아닙니다.

가슴의 문을 활짝 열고
가장 은밀한 곳에
사랑의 둥지를 틀고
언제나 나를 기다리는 님이
진정 나의 님입니다.

죽음도 갈라놓지 못하는
님의 사랑에 나는 날마다 사랑의 독백을
이기지 못하고
님의 일월(日月)로
아름다운 일기를 씁니다.

2

벗이 벗이라고
다 나의 벗은 아닙니다.

마음의 문을 활짝 열고
가장 양지바른 곳에
우정의 정원을 짓고

다정히 웃으며
나를 맞이하는 벗이
진정 나의 벗입니다.

저 세월도 떼어놓지 못하는
우리의 우정에
나는 기뻐 울고 웃다
오늘도 단비로 내려
천상의 꽃 한 송이 피웁니다.

(2023.4.7)

삼박자

시(詩)의 언어는
책이 아니라네.

천지에
가장 짧은 글을 쓰려는데
누가 와서
풍경이 좋다 나를 그리네.

저 한 사람이 와서
그 그림이 좋다
긴 글을 쓰네.

(2023.4.10)

천군만마(千軍萬馬)

님의 앞에 믿음이
좌에 기쁨이 우에 소망이
님의 뒤에 사랑이

사랑의 천군(天軍)이
님을 호위하고
아 찰나에
만천하를 평정하노라.

(2023.4.11)

그리움의 거리

나 사랑에게 묻노니

나의 전생
그리움의 거리는 얼마나 될까요.

가까이 멀리 살아도
나 살아갈수록
그리움의 거리를 모르겠어요.

가까이든 멀리든
어디 사는지 모를 때

잴 수도
알 수도 없는 이생의
그리움의 거리는 또 얼마일까요.

(2023.4.18)

오늘

세상의 모든 아름다운 말을
가슴에 모아

세끼 밥 먹듯
범사에 감사하자.

그리고
또

세상에서 가장 따뜻한 말을
마음에 모아
사랑하자.

오늘 숨 쉬듯
쉬지 말고 기도하자.

세상의 모든 이룸은

다 간절함의 소산

그 간절함은
날마다 분초(分秒)도 끝도 없다.

(2023.4.20)

시(詩) 한 편

당신의
시 한 편이고 싶다.

당신의 아침을
매일 마중 나와

다정한 안부로
말을 거는
시 한 편이고 싶다.

당신이 잠 못 이루는 밤
이야깃거리 몽땅 챙겨
사 들고 온 친구처럼

언제나 머리맡에 두고
꺼내 보는
시 한 편이고 싶다.

당신이 혼자 걸을 때
저절로 옹알거리는
시 한 편이고 싶다.

(2023.4.23)

그 여자와 하트

그 여자는
사랑학 개론은 잘 모르지만
그녀의 손닿는 모든 것을
하트로 만드는
신기한 마법을 부립니다.

커피잔 위에서
찰랑거리는 하트는
또
동해의 해변에서 그려 보낸
하트에서는
그 향이 파도 소리가
여기까지 따라옵니다.

그녀가
꽃잎을 모아 하트를 그리면
금세 사랑이 되고

낙엽을 주워 하트를 그리면
금방 추억 하나 쌓입니다.

단풍나무 두 가지를
사랑으로 엮어
연리지보다 아름다운 연모의
풍경도 순식간에 만듭니다.

눈이 내려
세상이 다 조용한 아침
눈 위에
수없이 그린 하트는
여지껏 녹지 않고
사랑의 이정표로 남았습니다.

(2023.5.2)

5월의 시(詩)

이렇게 푸르른 날

사랑아
우리
5월의 시를 쓰자.

너나
나나
쓰기 어려우면

일기처럼 짧아도
진솔한 마음
고스란히 적어
서로 애독하는 책갈피에
소중히 간직하자.

234

그리고
10년 후에 꺼내
서로에게 읽어 주자.

이렇게 꽃피는 날

우리 사랑이
얼마나 크고 성장했는지
또
얼마나 아름다웠는지
꿈같은 시간을
다정히 얘기해 보자.

사랑아
우리
5월의 시를 쓰자.

(2023.5.6)

길의 도(道)

한잠 자고 일어나니
길이 보이고

세상의 모든 이치가
한층 밝아졌다.

한잠 자고 일어나니
벌써 애증(愛憎)이 떠나고

슬픔이 더 투명해졌다.
점자 사그라지고

알 수 없던 옛 도(道)를 깨치며
새날이 왔다.

그날 길과 도(道)는 함께 왔다.

(2023.5.7)

'감읍(感泣)'이란 단어가 실로 가슴을 울립니다.

첫 시집 출간을 마치 내 일처럼 기뻐하며 격려와 축하를 보내 주신 분들과 詩보다 더 아름다운 시평과 추천사를 써준 벗들과 아우에게 무한 감사와 고마움을 전합니다.

그 따뜻한 우정과 관심에 저의 작은 시들이 빛납니다.

그리고 흔쾌히 저의 졸시를 너무 예쁘게 꾸며주신 관계자 여러분과 늘 열정과 행복에너지 넘치시는 도서출판 행복에너지 대표님께 뜨거운 감사의 말씀을 드립니다.

정말 고맙습니다.
모두 덕분입니다.
그리고 사랑합니다.

녹음이 짙어지는 5월에
예명 이한길 올림

■ 출간후기

권선복
도서출판 행복에너지 대표이사

　이한길 시인을 만날 때면 순자의 "시종여일(始終如一)"이란 고사성어가 떠오릅니다. 처음부터 끝까지 변함없이 한결같음을 뜻하지요. 사실 사람이 한결같기란 결코 쉬운 일이 아닙니다.

　하지만 이한길 시인은 한결같이, 고등학생 시절부터 40여 년간 수천 편의 시를 써왔습니다. 혹독한 현실과 지난한 세월 속에서도 늘 시상을 가다듬고 순수한 시어들을 자신 안에서 건져올렸습니다.

　노력을 이기는 재능은 없고 노력을 외면하는 결과도 없다고 했습니다. 그의 아름답고 투명한 시들이 이제 빛을 발해 첫 번째 시집 『바람이 바람에게』를 출간하게 돼 출판사 수장으로서도 무척 보람을 느낍니다. 모쪼록 이 책을 통해 세상이 한 뼘쯤 더 맑아지길 소망하며, 독자 여러분 모두에게 행복과 긍정 에너지가 팡팡팡 샘솟길 기원합니다.